LES
PLAISIRS DE LA VILLE,

POÈME EN QUATRE CHANTS,

Dédié aux Jolies Femmes.

Par J. Commerson.

A PARIS,

L'AUTEUR, rue Sainte-Anne, n° 43;

Chez { PAINPARRÉ, DELAUNAY, LE ROUX. } Libraires au Palais Royal.

1822.

LES

PLAISIRS DE LA VILLE,

POÈME EN QUATRE CHANTS;

Dédié aux Jolies Femmes.

LES

PLAISIRS DE LA VILLE,

POÈME EN QUATRE CHANTS ;

Dédié aux Jolies Femmes.

Par J. Commerson.

A PARIS,

Chez { L'AUTEUR, rue Sainte-Anne, n° 43;
PAINPARRÉ,
DELAUNAY,
LE ROUX. } Libraires au Palais Royal.

1822.

ÉPITRE DÉDICATOIRE.

En France il est plus d'un auteur
Qui, pour préserver du naufrage
Un petit et méchant ouvrage,
Cherche un Prince, un Duc, un Seigneur
Qui daigne en accepter l'hommage :
Pour moi, n'écoutant que mon cœur
Et méprisant ce triste usage,
J'offre ce faible badinage
Au sexe aimant, tendre, enchanteur
Qui nous soutient dans notre enfance,
Embellit notre adolescence,
Nous console dans le malheur
Et nous fait chérir l'existence.

Que mon sort me paraîtrait doux
Si quelque jour une bouche jolie
Me disait : je vous remercie
De vous être occupé de nous !

LES

PLAISIRS DE LA VILLE,

POEME EN QUATRE CHANTS.

CHANT PREMIER.

Que Rapin, Saint-Lambert et l'aimable Delille
Célèbrent les jardins, les saisons et les champs (1);
Moi, dont les goûts sont différens,
Je vais chanter les plaisirs de la ville (2).

Inspirez moi des cantiques nouveaux
Dieux des festins, des jeux, de la folie!
Et toi Momus, à la face bouffie,
Daigne un instant me prêter tes grelots!

Çà commençons; que tout censeur morose
Sache que je suis homme à lui montrer les dents.
Dormez en paix dans vos réduits charmans,
Jeunes tendrons, images de la rose,

A qui je consacre ces chants ;
Dormez ! l'aurore vigilante
Quitte à peine son vieux Titon ;
Et Phébus, en mari de suprême bon ton,
Ronfle encor près de son amante.
Oui, croyez-moi, laissez entre deux draps
Se reposer vos célestes appas :
Dormez ! mais l'ombre diminue ;
Déjà maint chariot roulant
Se fait entendre dans la rue.
Déjà se lève le marchand
A l'âme froide et mercenaire,
Tandis que le célibataire,
Toujours aimé, toujours aimant,
Regagne son toit solitaire,
Et dit bon jour à la laitière
Qu'il rencontre chemin faisant.
Cependant l'horizon s'éclaire ;
Le portier va chez la fruitière
S'informer si pendant la nuit
Elle n'a pas entendu quelque bruit.
Le perruquier aussitôt les aborde ;
Il leur apprend qu'à l'aide d'une corde
Un beau voleur, mis très-élégamment,

S'est échappé de chez la financière

Qui loge au numéro deux cent.

Je l'ai vu, leur dit-il, mais de grâce, commère,

Et toi, maudit bavard, de la discrétion.....

On promet et, pendant la conversation ,

On voit entrer dans la maison voisine

Un homme aux yeux hagards : à juger par la mine ,

Ajoute le frater, cet homme est un coquin !

Bah ! répond le portier, c'est un nommé Cassette

Qui laisse ses enfans et sa femme sans pain

Pour faire un tour à la roulette.

O ciel ! dit la fruitière en élevant la voix ,

Qu'une femme est à plaindre avec un tel chinois !

Si mon pauvre défunt.... Mais non, il est notoire

Qu'il n'avait qu'un défaut, c'était celui de boire.

Laissons, dit le portier, les morts dans leurs tombeaux.

Voisin , avez-vous lu déjà quelques journaux ?

— Pas encor ce matin; mais hier la Russie

Paraissait menacer fortement la Turquie.

Les Grecs vont assez bien : Ali-Pacha n'est plus (3)

Vous savez...—Non, ma foi.—Bah! c'est une historique,

Ecoutez, mais pardon, voilà de la pratique !

Bavarder avec vous n'apporte pas d'écus ,

Je reviens dans l'instant! il dit, vole à l'ouvrage

Et laisse fruitière et portier

En se regardant s'écrier :

Attendons ! mais c'est bien dommage !

Tandis qu'ils causent de la sorte ,

On voit, en habit noir, l'ardent solliciteur

Compter tous les clous de la porte

De son généreux protecteur.

Déjà la jeune couturière

Et le pauvre surnuméraire

Courent tous deux à leurs travaux ;

L'un prend sa plume et l'autre ses ciseaux ;

Que Dieu soutienne leur courage !

Beaucoup leur en faut ici bas.

Quant à moi, pour tout l'or du Tage,

Je ne les imiterais pas .

Cependant, malgré ma paresse ,

Et sans que le Roi m'y forçât,

J'accepterais, je le confesse ,

Les places d'Intendant , de Conseiller d'Etat ,

De Bouffon , de Censeur, de Préfet , de Légat;

Places dont le travail et les soins et les peines

Ne sont guère au-dessus des facultés humaines,

Mais chut ! en poëte discret

Revenons à notre sujet.

Enfin, après avoir ronflé douze heures,
Maître Phébus éveillé par Thétis,
Quitte ses liquides demeures,
Et déjà l'on entend circuler dans Paris
Mille sapins et mille cris.
Au lait! à l'eau! vieux souliers! vieux habits!
Voyez, messieurs, voyez, mesdames;
Cartons carrés, cartons à champignons,
Cartons pour les robes des dames
Et pour les chapeaux des garçons!
R'passer rasoirs! étamer les fourchettes!
Venez, venez, jeunes fillettes!
Ici, moyennant quatre sous,
Je vends les plus jolis bijoux;
C'est pour rien, faites vos emplettes!
Demain nous sommes coulés bas.
Au milieu de tout ce tapage,
Jeunes beautés, ne vous réveillez pas!
Votre lit est, suivant l'usage,
Dans un réduit obscur dont, par un doux contour,
La soie éloigne et le bruit et le jour;
Restez encor dans ces calmes demeures!
Quant à moi qui, depuis deux heures
Suis un peu las de griffonner,

Je vous y laisse et m'en vais déjeuner.
Au centre de Paris est un vaste portique
Dont s'environne un jardin magnifique;
Là, des cafés, des restaurans
Semblent inviter les passans
A demander, selon leur fortune ou leur place,
Celui-ci la modeste tasse,
Celui-là du rosbiff, cet autre du biffteck,
Mots que l'on prendrait pour du grec,
Mais qui sont vrais originaires
De ces aimables insulaires
Avec lesquels, moyennant des tournois,
Nous vivons bien depuis nombre de mois.
Là, tout est beau, tout y charme la vue;
L'or, les bijoux y donnent la berlue;
Le petit-maître y trouve un habit merveilleux,
La dévote des confitures,
La vieille des dents, des cheveux,
Et la coquette ses parures.
Près de Corneille, de Buffon,
De Lafontaine et de Voltaire
On voit chez maint et maint libraire
Et le terrible Solitaire (4),
Et le modeste Fénélon.

Le cristal, le bronze et l'albâtre

Représentant ou Cléopâtre ,

Ou l'Amour , ou le Dieu des arts

Attirent plus loin nos regards.

On voit des montres , des pendules ,

Des éventails, des ridicules

Et mille objets pleins de fraîcheur

Pour tous les goûts et de toute couleur.

Fuyez , jeune provinciale ,

Tendre amant et vous bon mari

Dont le gousset est mal garni ,

Ce Palais où la mode étale

Ses caprices toujours nouveaux ;

Sinon , trop malheureux badauds ,

Vous ressembleriez à Tantale

Brûlant de soif parmi les eaux.

C'est là , tendres beautés, que le jeune poëte

Qui vous a souhaité le sommeil le plus doux,

Va , moyennant quinze à vingt sous,

Appaiser sa faim indiscrète

Pour retourner après dans son humble retraite

S'entretenir encor de vous.

Entrons dans un café ; garçon, du thé ! du beurre !

—Qui demande par-là ? —Moi ! —Bien, monsieur, sur

l'heure !

—Un journal! — Quel, monsieur? —Eh! mais... le
    Drapeau-Blanc,
—Il est en main!—Tantpis! eh bien voyons laFoudre!
J'aime ces rédacteurs qui mettent tout en poudre,
Mais pour les modérés, je bâille en les lisant.
On me sert; je déjeune et l'âme réjouie,
L'estomac satisfait, la bourse dégarnie,
     Chez moi je retourne en chantant.

     Souffrez ici, mes aimables lectrices,
     Que je vous peigne le séjour
     Où, depuis un an moins un jour,
     M'ont casé les destins propices,
Au bout d'un escalier très-sombre et très-étroit,
     Se trouve une modeste chambre
     Chaude en été, froide en décembre,
     Où le jour entre par le toit.
     Un lit, une table, une chaise,
     Une commode en merisier
     Où ma garde-robe est à l'aise,
     En composent le mobilier.
     En entrant on découvre en face
     Un énorme morceau de glace
     Formant un trapèze parfait (5),
     Ce qui produit un bel effet!

On voit encor pour la toilette
Un verre, un pot, une cuvette,
Rangés sur un vaste rayon,
A côté d'un porte-chandelle
Et de mainte autre bagatelle
Dont le détail serait trop long.
Là, quand la nuit étend ses voiles,
On peut, sans aucun instrument,
Compter jusqu'aux moindres étoiles
Qui courent dans la firmament ;
Et même, quand elle est très-brune,
Distinguer au fin fond du ciel
Jupiter, Mars, Saturne, Herchel
Et les habitans de la Lune.
Sans girouette, sans boussole
On peut savoir d'où souffle Eole,
Et connaître sans Réaumur (6)
Quel doit être le temps futur.
C'est-là que, sans inquiétude,
Vivant avec d'illustres morts,
Je me crée au sein de l'étude
Des plaisirs exempts de remords,
Et, qu'ignoré de tout le monde,
Excepté de quelques amis,

Je goûterais la paix la plus profonde

Sans certains créanciers maudits

Et mes voisins les chats et les souris.

D'après cette esquisse fidelle

De mon intéressant manoir,

Si quelque tendre Jouvencelle

Est curieuse de le voir,

Sans façon, sans cérémonie

Qu'elle grimpe jusque vers moi ;

En tout tems, j'en donne ma foi,

Elle sera bien accueillie.

Pour elle, au moindre toc, j'ouvrirai de bon cœur

Ma porte à deux battans ; grande marque d'honneur

Que, soit orgueil ou bien misantropie,

Je refuse aux anglais qui, leur mémoire en main,

Viennent me demander des écus du matin.

Le bottier redescend lorsque le tailleur monte ;

Le blanchisseur succède au chapelier ;

Vient après lui le garçon cafetier :

En vérité c'est une honte!

Veut-on savoir comment un jeune auteur

Qui n'avait pas de billets au porteur,

Mais seulement des billets de parterre

Sut un jour se tirer d'affaire?

Son tailleur élevé chez les Frères-Chrétiens

De l'Eteignoir nobles soutiens (7),

N'était pas, en fait de lecture,

D'arithmétique et d'écriture,

Un personnage très-marquant.

Comme depuis une heure il répétait souvent

Dans sa grossière bonhomie :

Je ne vous quitte pas, il me faut de l'argent !

Sinon je vous consigne à Sainte-Pélagie.

L'auteur répondait humblement :

Attendez, je vous en supplie !

— Non, non, de l'or ou quelque bon billet !

— Un billet, cher tailleur, j'en possède à souhait ;

Sur qui le voulez-vous ?—Oh ! ma foi, peu m'importe,

S'il est bon ; donnez-moi du Ternaux, du Perrier

Ou du Lafitte ! — Est-on malheureux de la sorte ?

Tantôt j'ai donné le dernier

A mon chien de propriétaire

Qui depuis quatre mois me faisait grande guerre ;

Mais il m'en reste encore un excellent,

C'est du Feydeau ; tenez, vous en serez content !

On descendit enchanté l'un de l'autre,

Et notre auteur, faisant toujours le bon apôtre,

Quitta son homme au bas de l'escalier,

2

Et courut dire à son portier :
Remarquez bien ce gueux que le diable m'apporte
Pour m'emprunter sans cese de l'argent ;
Quand il viendra dorénavant,
Sur le nez fermez-lui la porte!
Mais c'est assez parler de ces individus ;
Je retourne vers vous, jeunes femmes du monde,
A qui, sans la moindre seconde,
Tout mon loisir et tous mes vers sont dus.
Quittez enfin vos lits plus doux que des hermines :
Déjà de leurs voix argentines
Les cloches ont sonné midi ,
Et , comme un méchant militaire ,
Je suis encor tout étourdi
Du bruit de l'instrument de guerre
Placé dans le Palais-Royal (8).
Levez-vous donc! l'air matinal
A la beauté n'est pas fatal ,
Souvent même il est nécessaire.
Bien , à merveille! or , maintenant
Passez un négligé galant ;
Puis permettez , car c'est l'usage ,
A votre époux, à votre amant
De vous présenter leur hommage.

Vous pouvez encore... Mais non,
Ce serait d'un trop mauvais ton,
Quoique pourtant chose faisable,
Les engager d'un air aimable
A partager le chocolat
Que par votre ordre l'on apporte :
D'ailleurs, la part de votre chat
En pourrait devenir moins forte ;
Déjeunez donc seule avec lui :
Ne pleure pas, charmant Mimi,
Ta ration sera complette.
Maintenant vite à la toilette !
Commandons à ces beaux cheveux
De prendre un contour gracieux !
A ces perles bien disposées
Et dans le corail enchâssées,
Que l'élixir ou que l'opiat
Donne encore un nouvel éclat :
Essuyons avec l'eau de rose
Cette joue et ce cou charmant
Où l'on croirait, sans être amant,
Que le dieu de Gnide repose ;
Que le corset voluptueux
Captive ces deux monts d'albâtre

Sur lesquels on vit Cléopâtre (9)
Placer un monstre trop heureux ;
Que... Mais ma plume se refuse
A peindre les divins appas
Que j'entrevois encor plus bas :
Ce caprice fait mon excuse ;
Cher lecteur, ne m'en veuillez pas.
Tout est fini. Cocher, que l'on attèle !
D'abord nous irons chez Villèle (10)
Savoir quand j'aurai mon landau ;
De là chez la jeune modiste
Où je pris hier un chapeau :
D'ailleurs, tenez, voici la liste
Des endroits où nous nous rendrons ;
Et vous, Frontin, prenez de suite
Quinze ou vingt cartes de visite,
En passant nous les remettrons.
Mais que dis-je ? ô ciel, quelle absence !
C'est aujourd'hui qu'on doit juger
Ce pauvre monsieur Béranger (11) ;
Rendons-nous vite à l'audience !
Monsieur l'Avocat-Général,
Vous êtes homme de génie ;
Mais laissez, je vous en supplie ,

Tranquille un pauvre libéral
Qui ne vous a fait aucun mal.
A propos.... que d'étourderies !
Rosine , tu diras à mon petit cousin ;
Qui doit venir me prendre ce matin ,
D'aller m'attendre aux Tuileries :
Ou se tait, et part à la fin.
Quant à moi qui, malgré mon zèle et mon courage,
Ne pourrais suivre un char volant ,
Je vais, ainsi que le petit parent ,
Attendre ma beauté sous le riant ombrage
Qui borne l'horizon du pavillon Marsan.
Monsieur, me dit un petit maître
Qui m'aborde presqu'aussitôt ,
Je crois avoir l'honneur de vous connaître !
Vous êtes Commerson ?—Oui, Monsieur!—moi Provot!
— Eh, mon ami ; permets que je t'embrasse !
— Je m'en allais, mais , puisque je te voi ,
De bon cœur je fais volte-face ;
Or çà, tu dînes avec moi !
— Volontiers, mon cher camarade.
— Tant mieux , eh bien en attendant
Faisons un tour de promenade.
Voici bientôt le désiré moment

Où tout ce que Paris renferme d'élégant,

     De beau, de flaneurs, de flaneuses,

     Ici vient bâiller un instant.

     Tiens, je veux te mettre au courant

     Des anecdotes scandaleuses.

Tu vois ces deux beautés mises en Néhala (12):

     Je te promets, sur ma parole,

     Que, moyennant une pistole....

     Mais, par pudeur, laissons-les là.

     Voici la Baronne de Maize !

     Jadis elle était bien, dit-on :

— A son maintien je l'aurais crue anglaise....

     — Eh! mon ami, c'est le bon ton !

     Regarde un peu ce petit maître

     En habit couleur Belphégor (13),

     Il feint de ne pas me connaître,

     Depuis deux jours qu'il a de l'or;

     Mais il pourra, quand la douairière

     Dont il a su toucher le cœur

     Aura terminé sa carrière,

     Redevenir garçon tailleur.

     Regarde la sensible Elvire

     Avec son très-sensible époux

     Qui trouve, assure-t-on, très-doux

De voir sa femme en cachemire

Qui ne lui coûte pas deux sous.

Avant de quitter cette allée,

Comme tu vois bien fréquentée ,

Regarde cet original

Qui nous lorgne avec insolence ;

Il se croit auteur sans égal

Depuis qu'il a dans un journal

Fait insérer une romance.

Eh mais, voici la coquette Deschamps

Entre deux cavaliers servans !

Quelle tournure ravissante !

Quel éclat! quels yeux séducteurs !

Mais c'est surtout quand elle a ses vapeurs

Que je la trouve intéressante.

— Madame en a-t-elle souvent ?

— Tous les jours ! saluons la Comtesse de Lorge ,

C'est celle que tu vois en blanc :

— Elle est faite parfaitement !

— Bah ! je connais l'artiste qui lui vend

Ses hanches, son ventre et sa gorge.

— O ciel! m'écriai-je avec feu ,

La chose est aussi par trop forte !

Quand on critique de la sorte ,

On est un homme à fuir, adieu !
Envain cet ex-ami m'appelle,
Je cours, tout saisi de l'horreur
Qu'inspire un calomniateur ,
Chercher en poëte fidèle ,
Dans un autre endroit du jardin,
Ma bonne, jeune et tendre belle,
Que je découvre assise enfin
Auprès de son petit cousin.

    Sexe charmant, sexe adorable,
Vois si mon cœur est plein de toi!
J'allais faire un dîner passable;
Que dis-je? un vrai dîner de Roi ;
Mais non , il n'en est point pour moi
Avec les détracteurs des dames ;
Ce sont des Parias, (14) des Coquins, des infâmes
Et je les mets tous hors la loi.
Mais on entend sonner cinq heures,
Partout les dîners sont servis ;
Femmes, époux, amans, amis,
Regagnent leurs tristes demeures ;
Les uns dans des chars élégans
Traînés par des chevaux fringans ,
Les autres en sapins bruyans ;

Et même on en voit un grand nombre

Qui n'ont pour laquais que leur ombre.

On voit sortir du Corps-Législatif

Maint Ventru périssant d'embonpoint excessif

Et dont le seul esprit est de voter et braire;

Il gagne avec effort l'hôtel du Ministère

Où l'attend tous les jours un somptueux repas

Payé par qui? je ne le dirai pas!

Imitant en cela le très-prudent silence

D'un personnage d'importance.

On voit revenir de Beaujon

Tous les amateurs de Montagnes:

Beaucoup de maris de bon ton

Sans leurs enfans et leurs compagnes;

Beaucoup de femmes sans époux,

Beaucoup de fillettes sans mère ;

L'amour y fit donner des rendez-vous,

Mais la faim d'une voix altière

Dit à chacun : allez me satisfaire!

Les friands s'en vont chez Véry,

Véfour, Prévot et de la Marre (15);

Les fins gourmets chez Duplessy,

Et les malheureux chez Tabarre.

C'est aussi là que je me rends

Certain d'y trouver en tout tems
Une nombreuse compagnie.
Taisons-nous donc quelques instans
Muse, notre soupe est servie ;
Et comme moi vous savez bien
Qu'un dîner froid ne vaut plus rien.

FIN DU CHANT PREMIER.

CHANT SECOND

Avant de peindre en rimes très-légéres
    Un grand dîner, un dîner de bon ton,
        Souffrez ici, mes très-chers frères,
    Que je vous fasse un morceau de sermon ;
    Rassurez-vous ; je ne serai pas long.
    Ah! croyez-moi, fuyez la gourmandise ;
        Elle a fait faire à maints bourgeois
        Mainte faute et mainte bêtise
        Dont ils se sont mordu les doigts.
        Vous connaissez, j'aime à le croire,
        L'ancienne et scandaleuse histoire
    De madame Ève et de son cher mari ;
        Je n'en dirai donc rien ici.
    Vous connaissez le fait de ces deux drilles,
        Dont l'un, par le diable entraîné,
        Céda pour un plat de lentilles
        Son joli droit de premier-né.
        Vous connaissez....Mais, pour bien faire,

Laissons ces antiques gourmands;
Il en est assez de vivans
Dont les premiers n'approchent guère !
Jettez un coup d'œil sur la terre,
Sur la France et mêmeParis ;
Contemplez ces nombreux maris !
Ils savent au fond de leurs âmes
Que, s'ils sont partout bien reçus,
C'est moins pour eux que pour leurs femmes;
Ils n'en sont pas moins assidus.
Voyez ce Banquier sans génie,
Mais au coffre plein de ducats,
Parvenant à la Baronie
Au moyen de ses bons repas;
Voyez, voyez, mes très-chers frères,
La moitié de vos Députés
Pour vous d'un beau zèle emportés,
Discutant au doux bruit des verres
L'intérêt de leurs mandataires.
Voyez.... Mais chut ! arrêtons-nous,
Autrement madame Justice
Pourrait, dans un petit caprice,
Nous mettre un mois sous les verroux,
Ce qui n'est pas très-nécessaire,

Je disais donc, chers auditeurs,

Et vous n'en doutez plus, j'espère,

Que la gourmandise est sur terre

La cause de bien des malheurs.

J'ai mis en œuvre ma logique,

Mon esprit et ma rhétorique

Pour vous en laisser convaincus ;

Que mes efforts ne soient donc pas perdus !

Après ce morceau d'éloquence

Dans le genre de Massillon,

On peut, sans risque et sans inconvenance,

Sur un dîner s'étendre très au long :

Or, écoutez-moi, je commence.

Quel coup d'œil, ô mes chers amis,

Que de voir en entrant dans une salle immense

Cent conviés d'une telle importance

Que le moins noble est un marquis!

Quel beau coup d'œil! sur les visages

De ces illustres personnages,

On ne voit pas ce vermillon luisant

Qu'applique la santé sur celui d'un manant;

Mais on voit la pâleur extrême (1),

La noblesse, la gravité ;

Oh! c'est superbe, en vérité,

Surtout au milieu du carême !

Aimez-vous la diversité ?

Sur les figures féminines

Remarquez et le rouge, et le blanc, et le bleu,

Ce qui les fait ressembler tant soit peu

Aux roses purpurines.

Mais c'est surtout quand on entend parler

Cette nombreuse compagnie,

Qu'on est contraint de lui trouver

La quintescence du génie.

Hier, dit l'un d'entre eux, j'ai chassé de chez moi

Mon impertinent sécretaire

Que j'ai trouvé lisant, et je ne sais pourquoi,

Le Télémaque de Voltaire.

Bravo ! dit un second, tous les gens érudits

Sont dangereux à leur pays (2) !

Je lisais l'autre jour, contre mon ordinaire,

Dans ce gueux de Rousseau qui n'est qu'un parvenu,

Que la noblesse était une chimère

Sans les talens et la vertu :

Comme on lui répondrait s'il n'était pas en terre

Moi, dit l'autre, je suis surpris que les Romains

Avec un général aussi grand qu'Alexandre

N'aient pas essayé de descendre

Chez les peuples Américains.

C'est vrai , dit un troisième , et c'était chose aisée !

Non, répond son voisin ; la Méditerranée

Les empêchait de faire aller dans ces cantons

    Leurs régimens et leurs canons.

De grâce , dit soudain la marquise de Loque ,

    De grâce ! messieurs les savans ,

    Parlez de pluie et de beau tems,

Et nous pourrons tenir avec vous un colloque.

    On applaudit à l'unanimité,

    Et l'on exila la science.

Mais pardon , cher lecteur , j'abuse en vérité

    De votre aimable complaisance ;

    Tandis qu'avec attention

    J'écoutais pour mon instruction

    Converser ces grands personnages,

    Je ne disais rien du dîné.

    Entre deux succulens potages

    S'élevait un bœuf mariné

Qu'escortaient une hure , un jambon de Mayence,

    Une tourte de la Provence

    Et quatre poulardes au riz

    Que le Mans avait engraissées.

    Venaient après les fricassées

De lapins, de poulets, de cailles, de perdrix;

    Le chevreuil, les langues panées,

    Les têtes de veau désossées

    Et les civets et les premiers rôtis.

Mais tout a disparu, d'autres mets ont pris place;

    C'était de nombreux habitans

    Des airs, des fleuves et des champs,

    Le saumon, le brochet vorace,

    Le lièvre et les gras ortolans.

    Venait ensuite avec magnificence

    L'oiseau transplanté dans la France

    Par les enfans de Loyola (3).

    Que l'on conteste après cela

L'utilité des bons Missionnaires!

Oui, chrétiens, il en faut pour la gloire de Dieu,

Pour défendre les Rois contre de vils sicaires;

    Il en faut, il en faut, morbleu,

    Pour empêcher les garçons et les filles

    De quitter leurs tendres familles (4);

Il en faut pour régler le destin des états

    Et consoler de n'avoir plus de charmes

    La douairière en falbalas :

Partant nous en aurons; si vous n'en voulez pas,

Messieurs les libéraux, redoutez nos gendarmes!

Mais que diable soit du dindon!

Il m'a fait perdre mon histoire.

Cher lecteur, voulez-vous m'en croire?

Laissons dîner ces gens de suprême bon ton

Et rendons nous ensemble à l'opéra lyrique ;

Lays et Dérivis, Nourrit, madame Albert (5)...

—Monsieur, pour vous parler vraiment à cœur ouvert,

 Je goûte si peu la musique,

Que, malgré les bravos de cent Dilettanti (6),

Charmés par Garcia, Fodor, Pellegrini (7),

Avant-hier à Louvois je me suis endormi.

—Que diable auriez-vous fait à l'opéra-comique,

Quand Martin est absent (8), si Louvois vous endort ?

 —Hélas! monsieur, j'y serais mort ;

 Mais tenez, j'aurais grande envie

D'entendre Duchesnois, Georges, Mars et Talma(9)...

—Impossible aujourd'hui, car la salle est remplie ;

 Mais à demain remettons la partie ;

 Nous ferons queue et nous verrons Sylla (10).

Cependant, comme il faut employer la soirée,

Rendons-nous chez Brunet! Lepeintre, Tiercelin

Et Potier déserteur de l'anglais Saint-Martin (11),

 Nous feront rire à gorge déployée.

—Eh bien, soit! allons-y, j'y consens d'autant mieux

Que votre grand dîner était fort ennuyeux.

—Vous êtes, cher lecteur, diablement véridique!

— Que trop! je fus jadis à la cour employé,

Mais bah! le lendemain j'ai reçu mon congé;

Le prince avec un air vraiment apostolique

    Me demanda si l'on était joyeux?

Si le pain était cher? comment allait l'ouvrage?

Le commerce?... Il n'est point, dit-on, de malheureux,

    La poule au pot est dans chaque ménage,

    Et cette idée est douce pour mon cœur;

Franchement, n'ai-je pas été mis en erreur?

—L'interrogation était d'un tendre père!

Vous avez répondu...? — comme un bon citoyen!

Cependant un valet, mon flatteur le matin,

    M'a dit le soir d'une voix fière:

Retirez-vous d'ici, monsieur le sécretaire!

    On n'y veut pas d'un Jacobin.

—Oh! ma foi, c'est trop fort! ne soyez plus sincère!

    Dites aux grands que vous êtes vassal,

      A la laideur qu'elle est jolie,

      Au sot qu'il est plein de génie,

      Au poltron qu'il est Annibal;

      Priez les commis d'importance

      De travailler un peu pour eux;

Trouvez superbe l'éloquence
Des députés les plus nombreux ;
Dites que Simon n'est pas bête,
Que Pierre est un homme d'honneur ;
Criez contre l'Usurpateur ,
Appelez-moi charmant poëte ,
Auteur agréable et badin ,
Et je vous réponds , sur ma tête ,
Que vous ferez votre chemin.
— Vous me conseillez-là de tristes petitesses !
— C'est dans votre intérêt , et d'ailleurs à la Cour
Elles sont à l'ordre du jour ;
Par elles on obtient places, croix et largesses.
— Je n'en aurai jamais, et cela m'est égal !
Où sommes-nous enfin ? — Dans le Palais-Royal !
Contemplons l'éclat des lumières ,
Les magasins et les cafés ;
Agaçons ces tendres beautés
Mises les unes en bergères ;
Les autres en divinités.
On peut , sans danger , avec elles
S'entretenir de bagatelles ;
On peut rire , admirer leurs appas séducteurs,
Leurs beaux cheveux , leur cou d'ivoire ;

Mais voilà tout ; l'épine est sous les fleurs !
Je veux, à ce propos, vous conter mon histoire :

Un jour, il m'en souvient, j'étais bien jeune alors,
De la Nièvre (12) oubliant les pittoresques bords;
Oubliant et ma mère, et mes amis d'enfance,
Et ce tendre Virgile, et ce riant Térence,
        Et cet éloquent Cicéron (13) ;
J'errais en liberté sous ces vastes portiques
Qui semblaient à mes yeux des palais magnifiques,
        Quand une déité me dit : Joli garçon,
Tu me plais! viens chez moi, viens, je suis très-aimable
Faite comme un amour, et polissonne en diable ;
Viens, mon bel homme, viens. « Je l'avoue, à ces mots,
        La tête encor pleine d'Ovide,
        Je crus voir la reine de Gnide
Me proposant un voyage à Paphos (14),
        Je me crus un second Anchise,
        Un second Mars, un Adonis,
        A quatorze ans c'est bien permis,
        Mais plus tard c'eût été sottise.
O vous, lui dis-je, en lui serrant la main
        Dans le transport de mon ivresse,
        Etes-vous mortelle ou déesse?

Etes-vous...? — Non , je suis C....,

Me répondit-elle avec grâce :

Veux-tu me payer une glace?

—Tout ce qu'il vous plaira ; sirops, glaces, sorbets!...

Nous nous rendons au café de la paix (5).

Bientôt une autre demoiselle,

Vient s'asseoir auprès de ma belle.

Qui soudain me jetant un regard des plus doux,

Tu devrais bien, cher petit, me dit-elle,

Inviter cette bonne Adèle

A se rafraîchir avec nous!

C'est ma compagne la plus chère.

—Morbleu très-volontiers! garçon, un autre verre !

Des glaces, de l'orgeat, vite! dépêchez-vous!

On nous sert, et bientôt transporté d'allégresse

Je demande le compte ; on me rend quatre sous

Sur cent qui faisaient ma richesse ;

Ce dont s'apperçut ma princesse

En souriant d'un air plein de bonté.

Venez, lui dis-je enfin , ô suprême beauté,

Réunir , enivrer nos âmes

Dans des torrens de volupté!

Chut! chut! me dirent les deux dames,

Il faut nous quitter à l'instant ;

Lorsqu'on a quatre sous vaillant
On ne peut aller voir les femmes :
Adieu, jeune et charmant zozo !
Buvez, pour éteindre vos flammes,
Deux ou trois verres de coco (16).
Soudain le duo parasite
Me laissa, honteux et confus,
Jurer par l'Achéron, le Styx et le Cocyte,
Que l'on ne m'y reprendrait plus.
—La leçon était malhonnête,
Avez-vous tenu le serment ?
—On ne peut plus exactement !
—En ce cas, monsieur le poëte,
Ne regrettez pas votre argent.
Mais le spectacle est-il à la barrière ?
—Oh nous arriverons !— A la fin, je l'espère.
—Voici la-rue où le prudent époux (17)
Ne doit jamais conduire une femme coquette,
Autrement il perdrait la tête
Avant que sa madame eût satisfait ses goûts.
Voyez ces bas, ces chapeaux, ces fourrures,
Ces robes de bal, ces parures,
Ces montres, ces bijoux, ces bonbons et ces fleurs ;
Avez-vous, dans le tems, appris que des piqueurs (18)

Faisaient en ces lieux résidence?

—Sans doute ! eh bien?—Vous avez cru qu'en France

Les hommes étaient si méchans

Que d'attaquer la beauté sans défense ?

Détrompez-vous, ce fut un mari de bons sens

Qui, se trouvant au moment des étrennes

Dans la plus pénible des gênes,

fit courir ces bruits effrayans;

Et, sans verroux, sans cadenas, sans grilles,

Sans prier ni hausser le ton,

Retint un mois à la maison

Et son épouse et ses deux filles.

— Ma foi, le tour était fort bon !

Au besoin, j'en ferais usage.

Comment se nomme ce passage

Par lequel vous guidez mes pas ?

— C'est celui des Panoramas ;

C'est-là que l'on voit cette Athènes

Où jadis on pria les Dieux

Dans des temples majestueux,

Où l'on entendit Démosthènes (19) ;

Quoique l'image de la mort,

Ses ruines parlent encor :

Qu'il est éloquent leur langage !

LES PLAISIRS DE LA VILLE.

J'étais , disent-elles au sage ,
J'étais la reine des cités ,
Je voyais l'Asie à mes piés ,
Quand tout coup une horde sauvage
Vint me réduire à l'esclavage ,
Et m'arracher ma dignité.
Ces ruines sont leur ouvrage.
Tout périt sans la liberté ! ....
Mais pour ce soir laissons la Grèce
Et ses antiques souvenirs.
Voilà Brunet ; (20) entrons-y , le tems presse ,
A moins que nous n'allions chercher d'autres plaisirs
Dans ces riantes avenues
Que vous voyez se perdre dans les nues.
—Eh que fait-on là bas ?—Montés sur des chevaux ;
Ici des écuyers passent dans des cerceaux ,
Se tiennent sur un pied , franchissent des barrières
Puis rassemblant des phalanges guérrières,
Nous représentent les combats
Livrés par nos vaillans soldats ,
Tantôt dans les sables d'Asie ,
Tantôt dans les glaces du nord (21) :
On les voit tous braver pour la patrie
La peste , le froid et la mort ,

Et l'on porte envie à leur sort.

Plus loin la sensible Élodie (22),

Et le trop malheureux Calas (23)

Arrachent de profonds hélas !

De l'âme la plus endurcie.

Ici, montés sur des trétaux

Des bateleurs amusent les badauds:

Polichinelle, et Jocrisse, et Paillasse

Font aux éclats rire la populace.

A quelques pas du petit Lazari (24)

Est la célèbre Ultra-montaine

Des voltigeurs et l'exemple et la reine,

L'étonnante dame Saqui (25).

Dans une pompe orientale

Non loin de là Curtius nous étale (26)

Des guerriers, des savans, de bons et méchans rois

Que la cire amollie a formés sous ses doigts.

Créateur comme Prométhée (27),

Il n'en craint pas la triste destinée ;

Persuadé que le Dieu des chrétiens

Cent fois plus doux que celui des Payens

Se contentera de lui dire :

Curtius, vous savez bien travailler la cire !

En voici, faites-moi de jolis marmousets,

4

Des saints, des saintes, des archanges,

Des chérubins avec des anges,

Et de bons hommes bien benêts.

Seigneur, répondra-t-il en baissant les prunelles,

Je vais vous obéir, donnez-moi les modèles!

—En aviez-vous jadis?—Oui, seigneur, oui, j'avais

En ministres, en militaires,

En lettrés, en nobles, en maires

Au petit moins trois cents Français.

—Eh bien vous les aurez, attendez-les en paix!

Près de notre compatriote,

Dite la Vénus Hottentote (28),

Et du fameux Forioso (29)

Est le Barbet qui joue au domino (30);

Chien, par ma foi, plus savant que maint homme

Que l'on flatte et que l'on renomme.

—En ce cas allons voir le chien,

Nous reviendrons ici demain

Ou dans le cours de la semaine.

—Volontiers,—A propos connaissez vous l'antienne

Faite contre deux députés,

Et que des gens à figure hideuse

S'en vont braillant de tous côtés (31)?

—Non; quelle est donc la Muse audacieuse

Qui se permet de faire des couplets
Le jour même où la Cour-Royale
A prononcé la sentence fatale
Contre l'Anacréon Français ?
— Ils sont, dit-on, d'un Grand en place;
Et je le crois, car ils sont bien mauvais.
—En ce cas ils trouveront grâce ;
On ne punit que ceux qui sont bien faits.
—D'où reviennent ces joyeux drilles,
Chantant, enchaînés par les bras?
—Sur ces hauteurs sont les Courtilles,
Et Bacchus y guida leurs pas.
Voyez ce chiffonnier à la rougeâtre mine
Cuvant, dans la boue étendu,
Le vin à six sous qu'il a bu :
Un savetier le voit et l'examine ;
Puis, s'en allant, dit, le cœur attendri :
Voilà pourtant l'état où je serai lundi (32) !
Voyez ces crocheteurs ! camarades naguère,
Ils font aux plus sales propos
Succéder mille coups à se rompre les os ;
La garde vient : preste ! la gent grossière
S'enfuit en laissant ses sabots.
— Il en est d'un plus haut parage

Qui , semblables à des ânons ,

En entendant parler des Cicérons,

Braillent , font beaucoup de tapage,

Et mériteraient bien de pareilles leçons.

En vérité , si la Gendarmerie.............

—Chut ! chut ! voyez tous ces grands efflanqués

Dont les yeux partout sont braqués...........

— Eh ! que craignons-nous, je vous prie ?

Paris est-il ? .... — Chut ! ce sont des mouchards

— O ciel ! quittons les boulevards !

FIN DU CHANT SECOND.

CHANT TROISIÈME.

Muse , transportons-nous vers la Place-Royale ,

    Du bon Marais heureuse Capitale :

Là , tandis que Paris sera le plus bruyant ,

      Que les femmes de haut parage ,

Le riche mélomane et le jeune élégant

Se rendront à Louvois en superbe équipage ,

      Que la coquette et son amant

Iront montrer au boulevard de Gand (1)

        L'une sa blouse ridicule (2) ,

        Et l'autre le nouvel habit

        Que son tailleur, monsieur Scrupule,

        Lui vendit cher , mais à crédit ;

On goûtera la paix la plus profonde.

        C'est-là que , renonçant au monde ,

        La dame aux surannés appas

        Va regretter dans la retraite

Les vanités et plaisirs d'ici-bas ;

C'est-là que le marchand dont la fortune est faite ,

Que le vieux , le petit rentier
Vont vivre par économie ,
Ce que monsieur leur héritier
Appelle une œuvre de génie :
Là se retire aussi maint brave ex-officier
Et maint pauvre surnuméraire
Qui ne sont pas fort en crédit
Auprès du nouveau ministère :
L'un n'est pas noble , et l'autre a de l'esprit.
En ces lieux , dès la septième heure ,
On voit , courbés sur leurs bâtons ,
Des sourds , des goutteux, des barbons ,
Regagner lentement leur gothique demeure.
Les femmes quittent leurs tricots ,
Et , n'espérant plus de pratique ,
Le marchand ferme sa boutique
Et s'en va prendre du repos.
Après avoir recommandé son âme
Aux deux grands Saints Claude et Gervais ,
Déjà le vieux mari , couché près de sa femme ;
Lui dit : M'amour , dormez en paix.
Mon cœur , répond incontinent la dame ,
Je fais pour vous de semblables souhaits ;
Que Sainte Cunégonde et la puissante Abeille (3) .....

A ce mot son époux sommeille.

Laissons dormir ce couple bienheureux !

Dès que l'aurore matinale

Demain viendra dorer les cieux ,

Il quittera la couche conjugale ;

Ce lit jadis témoin de leurs pudiques feux ,

Témoin de tant de nuits aimables ,

Et dont le bronze et l'acajou ronceux

N'ont jamais altéré les formes vénérables.

Le Frater du quartier viendra raser Poulot ,

Et sa moitié, bonne dévote ,

Couverte d'une humble capote ,

A son cher Confesseur s'en ira dire un mot ;

Puis , se rendant aux missions publiques ,

On l'y verra faire au bon Dieu sa cour ,

En chevrottant de malheureux cantiques ,

Sur l'air profane : *C'est l'amour* (4).

Pendant ce tems le déjeûner s'apprête ;

Poulot met le couvert, et l'antique Jeannette

Va chercher à pas lents du beurre et du jambon.

La dame une heure après revient à la maison ;

Ah ! dit-elle, en entrant, à cet époux si tendre :

Quel beau sermon je viens d'entendre

Contre les maudits huguenots

Et les coquins de libéraux !

Il eût touché l'âme barbare

D'un Juif , d'un Turc ou d'un Tartare :

Ah ! cher Poulot, que n'étiez-vous présent !

M'amour, lui répond-il, depuis l'événement

De Saint-Eustache et du Jardin des plantes ,

Où, comme Élève en Droit, je fus fait prisonnier ,

Suivre les missions et quitter son quartier,

Ne sont pas choses très-prudentes.

Cependant ce n'est pas jour de barbe demain ;

Nous nous y rendrons du matin ;

On dit, on mange , on finit sa toilette ;

Et l'on va pour un sou méditer la gazette.

Viennent bientôt des amis de vingt ans

Avec lesquels on politique ;

La canne trace un plan géographique ,

Et l'on fait marcher en tous sens

Les chiens de Grecs et les bons Musulmans.

Midi sonne , aussitôt le corps diplomatique

Se dissout et s'en va dîner.

Après la méridienne on court examiner

Si Monseigneur le Baromètre

Dans sa bonté daigne permettre

Que sur le boulevard on fasse quelques tours.

On se mêle à la populace

Rassemblée au son des tambours

Devant monsieur Cassandre et son valet Paillasse :

Et, quand Phébus est prêt de terminer son cours,

Quand le soldat se voit par la retraite

Contraint d'abandonner Marguerite et Fanchette,

On retourne au logis où des pruneaux de Tours,

Des compotes, des confitures

Chatouilleront leurs estomacs friands.

Mais c'est assez parler d'une espèce de gens

Dont les actions toujours pures

Rappellent trop le bon vieux tems ;

Ce tems où Dagobert, assis sous des ombrages,

Rendait justice à ses peuples heureux :

A leur amour il bornait tous ses vœux ;

Aussi le voyait-on à des ministres sages

Demander des conseils que l'or ne payait pas,

Et, sans orgueil, presser tendrement dans ses bras

Le conseiller le plus sincère.

Alors celui qui labourait la terre,

Ne donnait pas le fruit de ses travaux constans

Pour engraisser d'orgueilleux fainéans

Qu'on avait vu ramper dans la poussière,

Et des Vampires dévorans.

Alors on était bon, humain, plein de franchise ;

Alors on allait à l'Église,

Non par calcul, par *decorum*,

Mais pour offrir au Très-Haut son hommage

Et chanter : *Domine*, *salvum*.

Je vous salue, antique usage,

Mœurs simples de nos chers aïeux,

Dont le Marais seul à mes yeux

Offre encore une douce image !

Je vous salue et rentre dans Paris.

Je revois cette Babylone,

Où dans plus d'un endroit le vice est sur le trône,

Et la vertu dans un taudis ;

Où près de la richesse altière

Le pauvre dévore son pain,

Et dans laquelle une illustre douairière

Se trouve en face d'un vilain.

Je marche, et le quartier d'Antin

Bientôt se présente à ma vue,

Là, point d'antiquités, tout est plein de fraîcheur ;

Les hôtels, les salons y brillent de splendeur,

Mais d'une splendeur inconnue

Au siècle du grand Pharamond.

La jeune femme y fait sa résidence,

Autant par goût que par bon ton ;

Le Général ami de la Nouvelle-France ,

L'Ermite aimable et l'Électeur

Qui pour de l'or ne vend pas son honneur ,

Y vivent dans l'indépendance.

Là vit aussi ce banquier vertueux ,

Chéri des Libéraux pour sa ferme éloquenc ,

Et de tout être malheureux

Pour sa divine bienfaisance.

Ah ! qu'il est plus noble à mes yeux

Que cette gentilhommerie

Qui nous voudrait imposer des bâillons ,

Et qui prétend , dans sa triste manie ,

Qu'elle seule aime les Bourbons

Et la gloire de la Patrie !

Mais revenons au milieu de Paris.

Quoi ! me voilà dans une Académie (5)

Entouré d'hommes de génie :

En vérité , j'en suis surpris.

Écoutons : Illustres confrères ,

Demande aux bons Élus l'auguste Président,

Abhorrez-vous ces funestes lumières

Qui menacent d'embrasement

Et la France , et l'Europe , et les deux Hémisphères?

— Oui , disent-ils! oui , nous les abhorrons !

— Cet aveu solennel est celui d'hommes sages !

Maintenant , jurez tous, illustres compagnons ,

De ne jamais déshonorer vos noms

Par d'aussi criminels ouvrages ,

Que ceux des Montesquieu , Voltaire , et cétéra.....

— Nous le jurons ! — Sermens inviolables !

Dignes de vous, Messieurs , et de tous vos semblables

L'univers vous répétera!

Maintenant , je vais vous soumettre ,

Si toutefois vous daignez le permettre ,

Quelques additions à notre réglement :

Nul être , c'est-à-dire animal périssable

Comme l'herbe des champs , la rose du vallon,

Ne sera dit avoir un esprit véritable,

S'il ne siége avec nous. — Bien ! — Article second :

Ainsi qu'une autre Académie

Nous choisirons parmi les candidats ,

Non ceux qui font des œuvres de génie ,

Mais les nobles et les prélats.

— Très-bien ! — Article trois : Nous faisons la promesse ,

Sauf les indispensables cas ,

D'aller tous les jours à la Messe ;

Approuvez-vous ? — Nous approuvons !

— Je vous en remercie , illustres compagnons.

Maintenant monsieur de La France

Va , pour terminer la séance ,

Vous lire son traité des droits seigneuriaux :

Après ce noble Pair , si quelque tems nous reste ,

L'inimitable auteur d'Oreste (6)

Vous fera part de huit cents vers nouveaux. »

Muse, qu'ai-je entendu? sortons, décampons vîte !

Il s'agit d'un traité fait par un vieux Jésuite

Et de près d'un millier de vers

Dont un cent pourrait seul endormir l'univers.

Ouf ! respirons, enfin nous voilà dans la rue!

Où court cette foule éperdue ?

Où courent tous ces jeunes gens ?

Pourquoi voit-on briller des armes ?

Pourquoi ces chevaux, ces gendarmes

De tous les côtés galopans ?

Est-il donc revenu le tems

Où des échappés de Russie ,

Fondirent sur la France un instant engourdie

Comme des loups sur des agneaux ?

Oui , répond un fuyard, des Cosaques nouveaux

Menacent encor notre vie ;

Et des Français sont nos bourreaux !

Soudain j'aperçois dans la foule

Des jeunes gens dont le sang coule

Et que poursuivent des soldats.

Un bon citoyen dont les pas

Sont rallentis par les années

Tombe plus loin sous les chevaux fougueux

De ces cohortes forcenées ;

Et bientôt, ô spectacle affreux !

J'aperçois un char funéraire

Qui ramène un fils à sa mère.

Pour éviter un semblable destin

Je me sauve au café voisin,

Et là, j'entends un homme à la mise gothique

S'écrier : c'est bien fait ! si j'étais Souverain

Je ferais en un jour passer le goût du pain

Aux amis de la Charte et de la République (7).

Il est heureux, monsieur, reprit en souriant

Un auditeur à la noire moustache,

Que vous soyez tout simplement

Une vieille et pauvre ganache.

— Moi ganache ! monsieur, moi, de qui les aïeux...

— De grâce taisez-vous, vous ferez beaucoup mieux ;

Est-ce un crime d'aller prier à Saint-Eustache (8)

Pour un fils, un parent, un ami vertueux

Dont la mort a touché tous les cœurs généreux ?

Est-ce donc un forfait d'aller, l'âme attendrie,

Honorer tous les ans une cendre chérie?

Et le cri de la Charte est-il un cri d'horreur,

Un cri séditieux, anti-français, infâme....?

Non, du prince au contraire il devrait charmer l'âme!

Quiconque aime un ouvrage en aime aussi l'auteur.

On se tait; tout à-coup la police avertie

Entoure le café, saisit ce discoureur

    Et le conduit à Sainte-Pélagie (9).

Muse, viens avec moi lui tenir compagnie,

    Nous adoucirons son malheur.

Sous une voûte antique et qu'une lampe éclaire,

    Nous voyons d'abord un cerbère

Qui remplit encor mieux que l'autre son devoir.

    Sur lui ni le gâteau d'Énée,

    Ni les chants amoureux d'Orphée

    N'auraient un instant de pouvoir.

    Il n'a jamais versé de larmes,

    Jamais connu l'amitié, ni l'amour;

    Il nous regarde, ouvre aux gendarmes

Et referme sur nous sa porte à double tour.

    Liberté! liberté chérie!

    Des trésors le plus précieux,

    Ah! fais-moi connaître les lieux

Où tu ne fus jamais ravie

A l'homme sage et vertueux ;

Ces lieux deviendront ma patrie.

Au bout d'un large corridor ,

Bientôt une autre porte à nos yeux se présente ;

On nous l'ouvre et sur nous on la referme encor ,

Cependant la première était bien suffisante.

Enfin nous voilà confondus

Avc nombre d'individus

De très-différent caractère ;

L'un rit , l'autre se désespère ,

Celui-là boit , celui-ci dort ;

Maint poëte compose et maint autre déclame ;

A celui-ci l'on annonce sa femme

Ce qui ne lui plait pas très-fort ;

Celui-là parle au créancier barbare

Qui le retient sous les verroux ;

Il se prosterne à ses genoux

Et lui promet , par les dieux du Tartare ,

De le payer avant la fin du mois

S'il veut le rendre à ses affaires ;

Chose à quoi l'autre ne croit guère.

Plus loin j'entends maudire et le juge, et les lois.

Plus loin j'entends chanter; c'est Pradel (10)! il s'avance,

Quoi ! me dit-il, vous ici Commerson !

Auriez vous fait quelque bonne chanson ?

Crié vive la Charte ?—Oh! j'ai plus de prudence

Répartis-je ; rimer serait hors de saison ,

Et , lorsque j'entrevois la moindre circonstance

Où l'on pourrait m'engager à crier ,

J'allègue un rhume ou des feux au gosier.

—Et vous êtes ici !— J'y suis par complaisance ;

—Je vous entends... A propos , Béranger ?....

—Vous l'allez voir dans votre compagnie ;

—Tant mieux , encor quelques uns à juger

Et la prison vaudra l'Académie ,

Elle aura des auteurs , à défaut de prélats.

J'oubliais.... Vous avez été voir le Musée ,

Qu'en pensez-vous ? qu'en dit-on cette année ?

Est-il riche en tableaux ? — Les meilleurs n'y sont

pas (11) !

—Les meilleurs ! eh pourquoi ? — Des sièges , des

combats ,

Et des Français , gens lourds et sans courage ,

Ne pouvaient décemment figurer au Salon

Près de la vénérable image

De Blüker et de Wellington.

—Oh! j'en conviens ; mais ciel quel tripotage !

Il dit et me fait ses adieux.

Je retourne soudain près de l'homme à moustache
 Qu'interrogeait un jeune curieux.

Eh bien! s'écria-t-il, notre vieille ganache..!

—Vous avez très-bien fait de lui river son clou!

—Oui, mais en attendant je suis je ne sais où,

J'ai du pain à manger et de l'eau claire à boire.

—Patience, monsieur, tout n'est que provisoire!

Parbleu, dit le jeune homme en ricanant très-fort,

Moi je suis bien céans pour n'être pas Milord.

Pour n'être pas, repris-je, eh! mais....La chose est
 belle!

—Non, du tout, au contraire elle est très-naturelle;

Écoutez : déserteur du collège à seize ans
 Je fus par mes très-chers parens,
 Embarrassés de moi qui ne voulais rien faire,
 Mis comme un gueux au séminaire :
 Là, je mangeai deux mois du pain.

Mais bientôt, me sentant pour l'état Monastique
 Une humeur très-antipathique,
 Je pris la porte un beau matin;
 Et j'écrivis à mon cher père
 Que j'aimais mieux être bon militaire
 Que d'être mauvais C.......

—Bravo !—Sans doute ; un soir que ne sachant que faire

J'allais flaner au boulevard de Gand ,

J'apperçus un minois charmant

Auquel j'offris mon amoureux hommage ;

On l'agréa de suite ; à Paris c'est l'usage !

Ayant acquis dans mon couvent

L'art de mentir très-joliment ,

Je me dis riche personnage ;

J'empruntai , je fis étalage ;

Mais , n'étant pas Milord Anglais ,

Je trouvai peu de complaisans Français

Qui se jetassent dans ma bosse.

—Je le crois ! — Des marchands , mais pas un seul

banquier.

Voulant aller grand train , je changeai de quartier ;

J'eus des valets , des chevaux , un carrosse

Et je fis dire en tous lieux par mes gens

Que de Lord Crac j'étais un des enfans.

Soudain je vis accourir par centaines

Juifs , carrossiers , fournisseurs et marchands

Solliciter l'honneur de servir mes domaines :

Je cédai , mais hélas ! la veille de Long-Champs (12)

De ce jour où ma belle et charmante maîtresse

Devait briller dans son Wisky

De tout l'éclat d'une princesse

Et moi la suivre en Tilbury;

On connut mon vrai nom, le lieu de ma naissance ;

Et, pour me bien punir de n'être pas Anglais,

Quatre-vingts créanciers munis de bons arrêts

M'ont assigné ce lieu pour maison de plaisance.

—Je vous plains, jeune encor.... — Monsieur n'est

     pas Français?

Si, repris-je aussitôt, la France est ma patrie

    Et je suis fier d'être un de ses enfans.

—Ne parlez pas si haut, dans notre compagnie

     Il est une espèce de gens.....

—Comment, dit l'officier, à Sainte-Pélagie!

     Mais c'est donc une épidémie !

En ce cas, ajoutai-je, agréez mes adieux,

Pour n'y plus revenir j'abandonne ces lieux.

Vous le voyez, habitans des campagnes,

Nourrissez vos troupeaux, vos enfants, vos compagnes ;

    Mais à cela bornez tous vos désirs,

    Pour nous sont faits les vrais plaisirs.

N'allez pas comparer vos sommeils sous l'ombrage

A ceux que nous goûtons sur d'élégans coussins ;

    Chez nous les frelons, les cousins

Respectent notre beau visage.
N'allez pas comparer votre tranquillité
A notre vie active et vagabonde ;
C'est pour vivre en société
Que Dieu met tant d'hommes au monde.
Vous composez vos grands repas
De fruits, de lait et de pommes de terre,
Que sont-ils près de nos galas ?
Le dimanche on vous voit danser sur la fougère
Au son d'un maigre flageolet,
Et lorsque toutefois le Curé le permet :
Chez nous on danse, on rit pendant l'année entière.
Vous ne connaissez pas le moderne bonheur
D'avoir même un Missionnaire.
Vous êtes saisis de terreur
Au seul aspect d'un habit de gendarme ;
Quant à nous cet habit nous charme
Et nous en voyons par milliers
A tout instant du jour et dans tous les quartiers.
Pour veiller sur vous en bon père
Vous avez simplement un Maire ;
Tandis que nous habitans de Paris
Nous possédons : messieurs du Ministère,
Les Conseillers d'Etat, les Nobles, les Commis,

Des Préfets, des Curés et des Séminaristes;

Nous possédons encor nombre de Journalistes,

D'Écrivains élégans, de Mouchards pleins d'honneur....

Ah! quittez, croyez-moi, votre modeste asyle;

     Venez, venez demeurer à la ville

Et vous y trouverez la paix et le bonheur.

FIN DU CHANT TROISIÈME.

CHANT QUATRIÈME.

J'AVAIS promis de consacrer aux Dames
    Tout mon esprit et mes talens,
    Et, par un trait des plus infâmes,
    Je n'ai pas tenu mes sermens :
    Hélas ! c'est la mode du tems ;
Ne voit-on pas tous les jours à sa belle
Le pastoureau jurer d'être fidèle ?
Le médecin promettre la santé,
L'Anglais d'être ami de la France,
    Le Noble de l'égalité
    Et Grégoire de l'abstinence ?
    Ne voit-on pas le grand Seigneur
Promettre des emplois à tout solliciteur ;
Le Ministre d'avoir beaucoup d'économie,
Elisa de ne plus accorder ses faveurs,
    Et le Français de n'aimer de sa vie ?
    Ne voit-on pas nombre d'auteurs

Jurer de conserver leur noble indépendance ,
Maint Député de bien servir la France ,
Maint Jacobin d'être vrai Libéral ,
Et maint Rédacteur de journal
D'être juste , honnête et sincère ?
Oui , tout cela se promet d'ordinaire ,
Et cependant chacun manque à sa foi.
Or , Mesdames , excusez-moi.
Les dînés sont finis ; on court à la toilette.
Guidé par l'ancienne étiquette ,
Le vieux Marquis met son habit français ,
Son cadogan , sa culotte à mollets ;
Il fait briller sur sa poitrine
Les croix qu'il obtint noblement
Par la maîtresse ou le chef de cuisine
D'un Prince amoureux ou gourmand.
Son épouse encor minaudière ,
Malgré ses douze lustres pleins ,
Revêt , dans le désir de plaire ,
Ses falbalas et ses vertugadins (1).
La Dame qui voit avec peine
Au milieu des jeux et des ris
Venir la triste quarantaine ,
Couvre ses cheveux déjà gris

Et d'un turban et d'un panache ;

L'officier frise sa moustache ,

Et moi je mets mon habit noir.

Pour toi , jeune beauté , qui dois faire ce soir

L'ornement d'un concert , d'un bal , d'une fête ;

Pour toi qui dois troubler la tête

Des barbons et des damerets ,

Ajoute encor par la parure

Aux nobles et brillans attraits

Que tu reçus de la nature.

Mais il est tems, entrons dans les salons :

Quelle douce température !

Lorsque dehors le vent murmure ,

Lorsqué la neige et les glaçons

Hérissent toute la nature ,

Par d'aimables enchantemens ,

On voit ici les dons de Flore

S'ouvrir et s'empresser d'éclore ,

Ainsi qu'aux beaux jours du printems.

On voit les Nymphes de la Seine

Quitter leur paisible domaine

Pour venir partager nos jeux.

Habitans de Paris , que vous êtes heureux !

Mais déjà le forté sonore

Dit : Un concert va commencer !
Soudain l'on cesse de causer,
Excepté cependant encore
Mainte vieille qui n'entend pas,
Et qui, croyant parler tout bas,
Nazille comme à l'ordinaire
Ces mots qui font rire aux éclats :
« Avec moi, convenez, douairière,
Que la mode est bien singulière !
Cette coiffure à la Ninon
Approche-t-elle du chignon
Aspergé de poudre à la reine (2)
Qui nous donnait les airs altiers
Et l'éclat d'une Souveraine.
On reviendra, j'en suis certaine,
A ces robes, à ces paniers (3)
Qui font si bien valoir la taille,
Et qu'on n'eût jamais dû quitter.
Mais je vois que l'on va chanter ;
Pour moi, quand on chante, je bâille ».
En effet le forté rétentit sous les doigts
    D'une charmante jouvencelle ;
Dont, un instant après la ritournelle,
    Ces mots firent briller la voix :

Adieu la gloire , adieu la guerre !
Disait un vieux soldat français ;
Je suis rentré dans ma chaumière ,
Et j'y saurai mourir en paix.
Cet espoir a pour lui des charmes ;
Mais, au premier son du tambour ,
Le vieux soldat reprend les armes
Et dit : Servons encore un jour !

Adieu la mer, plus de voyage !
Dit le nocher sauvé des flots ,
Au sein de mon heureux ménage
Goûtons désormais le repos !
Cependant à peine une étoile
Du calme annonce le retour ,
Que le nocher retend sa voile
Et dit : Voguons encore un jour !

Adieu l'amour ; adieu Thémire !
S'écriait un beau Ménestrel :
Sur moi vous n'aurez plus d'empire ,
J'en fais le serment solennel !
Un instant après l'inhumaine
S'offre aux yeux du beau Troubadour ,
L'infortuné reprend sa chaîne ,
Et dit : Aimons encore un jour !

On applaudit , et bientôt sur la basse
Poignié déploie un précoce talent (5) ;
Castellacci paraît et le remplace (6) ,
Et sa guitare cause un doux ravissement.
     Bientôt un amateur s'avance ,
     Il tient sous le bras un cahier ;
     Dilettanti , faites silence !
     On va vous donner du Barbier (7).
Enfin Démar prend sa harpe savante (8) ,
     Fontaine son doux violon (9),
     Et , par un air de sa façon ,
     Ce couple rare nous enchante.
O vieux David si renommé jadis ,
Que seriez-vous , las ! auprès de Thérèse ?
     A vos courtisans n'en déplaise ,
     Un sabot des plus accomplis.
Mais au concert va succéder la danse :
     Tout s'émeut ; l'écarté commence (10) ;
     Courez , aimables jeunes gens !
     Laissez danser messieurs vos pères,
     Laissez causer vos grand'mamans ,
     Laissez vos sœurs près de vos mères ;
Et que le jeu charme tous vos instans,
     Danser est le fait des enfans , .

Jouer est le plaisir du sage.

Courez, neveux à futur héritage !

Courez, blondins jouissant de vos droits!

Courez, banquiers, avocats, gros bourgeois,

Suivre dans un jeu délectable

Le sort déjà si favorable!

Pour vous, artistes de talent,

Bons Écrivains, et moi signor Poëte,

Allons danser, nous n'avons pas d'argent ;

C'est pour nous que la danse est faite.

Déjà l'on entend les flons-flons

Dire : Messieurs, prenez vos places !

Et bientôt l'on voit avec grâces

Se mouvoir de jolis tendrons.

Leur pied léger effleure à peine

L'élasticité du parquet.

En avant, traversez la chaîne !

Chassez, croisez, en moulinet !

L'allégresse est sur les figures,

De même que dans tous les cœurs,

Quel son dans toutes les parures !

Que d'or, de bijoux et de fleurs!

Tout-à-coup la valse amoureuse

Commence et double nos plaisirs :

Qu'il est doux, lorsqu'on tient une aimable valseuse!
De lui peindre des yeux l'ardeur de ses désirs;
 De voir sous sa robe élastique
 La moitié d'un sein fait au tour,
 Que, par sa puissance magique,
 Fait palpiter le tendre amour;
 De la presser contre soi-même
 Sans redouter l'œil des jaloux,
 Et de lui dire : Je vous aime,
 Près d'une mère ou d'un époux!

Dans les glaces du Nord, sous un rocher sauvage,
Est un monstre enfanté par le courroux des Dieux;
Sur son cou décharné tourne un double visage,
Dont l'un est toujours sombre, et l'autre gracieux.
 Le sang lui sert de nourriture;
 Il aime le cri des mourans;
Les femmes, les vieillards et les faibles enfans,
 Les criminels, les innocens,
 Tous au besoin lui servent de pâture.
 Tantôt il nage dans les eaux,
 Tantôt il rampe sur la terre,
Ou va tirer les morts du fond de leurs tombeaux.
 Par lui, le frère égorge un frère,

L'ami son ami désarmé ;

Souvent même il condamne un père

A déchirer le sein de son fils bien-aimé.

Son pouvoir est immense ; il ordonne la guerre,

Il fait et détrône les Rois ;

Tout ici-bas cède à sa voix ;

On l'appelle la *Politique.*

Ce monstre un jour dans les salons

Osa montrer sa face étique ;

Soudain, plus de jeux, de flons-flons,

Plus de concerts, de chœurs de danse,

Plus de valses, plus de chansons,

Tout disparut à sa présence.

Ainsi, lorsque dans le printems,

Saison bien chère à la nature,

On voit sur la tendre verdure

Bondir les troupeaux innocens ;

Si, dans le fort de leur ivresse,

Un loup se présente à leurs yeux,

La peur succède à l'allégresse ;

Adieu l'amour, le plaisir et les jeux.

De ce monstre cruel tel fut l'effet sinistre ;

Mais bientôt, rebuté de notre peu d'accueil,

Nous l'avons vu, rempli de colère et d'orgueil,

S'enfuir chez le premier Ministre.

Que Dieu l'y retienne long-temps !

Nous n'avons pas besoin de semblables présens.

Cependant la danse est finie ;

On va servir un ambigu.

Approchez-vous, femme jolie ;

Non pas à côté d'un Ventru,

Vous seriez par trop mal servie ;

Mais près de moi, là, sans façon.

Ce nougat vous fait-il envie ?

Ces tourtes, ces gâteaux, ces crêmes, ce poisson

Tout est plein de délicatesse ;

Voulez-vous de ces fruits qu'un savant confiseur

A glacés avec tant d'adresse ?

La belle et riante jeunesse

Toujours recherche la douceur.

Ils ne sont plus hélas ! ces soupers de nos pères (11)

Où Chaulieu, Voisenon, Choisy,

L'Ultramontain Galiani

N'étaient pas, dit-on, très-austères !

Là, princes, robins, militaires ;

Filles, femmes, nobles, bourgeois

Trouvaient courtes les nuits entières.

Point d'étiquette, point de lois !

Chacun, suivant son âge et son humeur badine,

Mangeait, buvait, dormait, caressait sa voisine

Sans redouter que son voisin

Lui dit : ami, ce n'est pas bien.

Ils étaient tous maris et frères,

Du plaisir tous joyeux enfans :

Voilà, voilà comme on passait son tems

Avant le siècle des lumières!

C'est surtout l'abbé de Choisy

Qui ne me semble pas gastronome à demi.

A trente ans riche par ses pères,

Il sçut mener leur fortune si bien

Qu'à trente-cinq il n'eut plus rien.

Passant un jour en diligence

Près d'un château jadis le sien,

Il demande à descendre; on croit que c'est urgence,

Et l'on arrête avec impatience.

Quel fut l'étonnement de chaque voyageur

En voyant notre abbé, cru plus cafard sans doute,

S'agenouiller au milieu de la route

Et s'écrier d'un ton plein de douleur :

O beau château, permets que je t'honore,

En moi, vois ton ancien Seigneur!

Il t'a déjà mangé, crois le sur son honneur,

Il te mangerait bien encore (12). »
Voilà les abbés qu'il me faut !
Qu'on m'en enseigne et, je le jure,
Sur-le-champ je me fais dévot.
Mais loin de moi ces monstres d'imposture
Qui cachent un cœur corrompu
Sous le manteau de la vertu (13) !
Loin de moi ce prélat qui, gorgé de volaille,
Sous peine de l'Enfer défend d'un ton caffard
Au pauvre que la faim travaille
D'accompagner son pain d'une tranche de lard !
Loin de moi ce cuistre en soutane
Dont le vaste bonnet cache une oreille d'âne ;
Et qui me prétend me convertir !
Loin de moi ce blanc-bec dont la fainéantise
A fait un saint homme d'Église
Pour me damner ou me bénir !
Loin de moi ce porteur de crosse
Qui va prêchant l'humilité,
Et que je vois, bouffi de vanité,
S'étaler dans un beau carosse ;
Tandis que son Maître éternel,
Comme nous l'apprend l'Écriture,
Dans un triomphe solennel,

N'avait qu'un ânon pour monture ! (14)
Loin de moi tous les Comédiens ,
Les hibous, les chats et les chiens (15)
Et tous les lanceurs d'anathêmes ! :
Pour être honnête et vertueux ,
Bon Français , fils respectueux ;
Pour adorer l'Etre-Suprême ,
Je n'aurai jamais besoin d'eux.
Mais la digression est aussssi par trop forte :
Je reviens vite à mon sujet.
Si j'ai présent ce dont il s'agissait ,
Je veux que le diable m'emporte.
C'était de bal ; .... non , d'ambigu :
Ah ! m'y voici ! Le tout a disparu.
Mais quoi ! l'écarté recommence ;
Qu'ils sont terribles les joueurs !
En ce cas nous , pauvres danseurs,
Remettons-nous vite à la danse ;
Et , pour plus de diversité ,
Chose agréable à la Française ,
Essayons de danser l'Anglaise (16) ;
Quoique , soit dit sans vanité ,
Et sans esprit patriotique ,
Nous puissions fort bien nous passer

De la Nation Britannique :

Mais c'est l'usage ;   il faut s'y conformer.

Enfin , la soirée est finie ;

Il est quatre heures du matin ,

Et chacun remet la partie

Au soir , d'autres au lendemain.

Holà ! Saint-Jean , notre voiture !

François , notre cabriolet !

Des porteurs pour Monsieur de la Romoisissure !

Fiacre , approchez! Grand Dieu! quel tems il fait !

On dit , et chacun se disperse ,

Malgré l'onde qui tombe à verse

Sur moi , misérable piéton ,

Dont le vent bat le parapluie.

Un vieux carrick m'en préserve en partie

Mais , avant d'arriver jusques à la maison ,

Je serai fait comme un joli garçon.

Ce n'est pas tout ; dans mon voyage

Je vais trouver plus d'un ruisseau

Capable de porter bateau ,

Qu'il me faudra passer presqu'à la nage.

Heureusement que , pour ce piteux cas ,

Je suis guêtré de haut en bas;

Et même quelquefois, pour comble de prudence ,

Chaussé comme le chat dont la vaste science

Fit d'un pauvre meunier Monsieur de Carabas (17).

Il m'en faudrait bien un semblable

Pour me tirer de mes grands embarras ,

Pour me donner des biens que je n'ai pas ,

Et me faire obtenir une charge honorable.

Grâce à son esprit un beau jour

J'aurais mon entrée à la Cour ;

Je deviendrais flatteur aimable ;

J'obtiendrais la permission

De rendre mon nom respectable

Par une préposition.

O quel bonheur ! ô quelle gloire !

Alors je serais dans l'histoire ;

Alors j'aurais un écusson ;

Alors j'entendrais la roture

Dire , dans une humble posture :

Salut , Monsieur de Commerson !

Dans un équipage de Prince

Je retournerais en Province

Me faire nommer Député ;

D'après le vœu du Ministère ,

Le Préfet et monsieur le Maire

Me lanceraient dans la carrière ,

Et mon pays, sans vanité,

Serait fort bien représenté.

Avec une voix de tonnerre

Je demanderais tour-à-tour

La clôture et l'ordre du jour;

Et, comme dans l'adolescence,

J'ai peu cultivé l'éloquence,

J'aurais très-grand soin de savoir,

Quelque tems avant la séance,

Si je dois dire *blanc* ou *noir.*

Je servirais toujours la France

En mon âme et ma conscience,

Mais sans blesser mon intérêt,

Et sans jamais mettre la nappe :

Enfin, grâce au petit Minet,

Je pourrais devenir le Moutardier du Pape (18) :

Combien de grands Seigneurs, hélas !

Le sont devenus par des chats

Dont ils avaient graissé les pattes !

Mais, puisque le Destin ne me protège pas

Comme il a protégé monsieur de Carabas,

Regagnons nos humbles Pénates;

Et, sans lasser le Ciel par d'inutiles vœux,

Couchons-nous et dormons; qui dort bien est heureux!

FIN DU CHANT QUATRIÈME ET DENIER.

NOTES DU CHANT PREMIER.

(1) Rapin a composé un Poëme latin sur les Jardins, Saint-Lambert a chanté les Saisons, et tout le monde a lu l'Homme des champs de Delille.

(2) Par *la Ville*, l'Auteur entend la Capitale, comme les Latins désignaient Rome par *Urbs*.

(3) Ali, Pacha de Janina, après s'être mis en révolte contre le Grand-Seigneur, et avoir soutenu un long siége, a succombé par trahison, en conservant encore, à l'âge de 76 ans, toute la force d'un caractère mêlé de grandeur et de férocité.

(4) Roman de M. le Vicomte d'Arlincourt, dont les nombreuses éditions attestent le mérite.

(5) Le trapèze est une figure très-irrégulière de géométrie.

(6) Inventeur du thermomètre.

(7) On sait que l'Éteignoir et l'Écrévisse sont les armes de la Société des bonnes Lettres.

(8) Il y a dans le Jardin du Palais-Royal un canon

dont la détonnation , causée par le soleil , annonce midi à tout le quartier.

(9) Cléopâtre , Reine d'Égypte , ne voulant pas survivre à la perte de son trône , se fit piquer le sein par un aspic , et trouva par ce moyen la mort qu'elle désirait.

(10)   Villèle , carossier très-connu.

(11) Béranger , chansonnier de la Gloire Française , condamné par la Cour-Royale de Paris à trois mois de Sainte-Pélagie , et à 300 francs d'amende.

(12)   Néhala ,   héroïne de la Tragédie du Paria de M. Casimir Lavigne.

(13) Couleur à la mode , ainsi que celle de Lampe-merveilleuse et de Souris épouvantée.

(14) Les Paria formaient dans l'Inde une quatrième Secte qu'un préjugé barbare repoussait dans les forêts, comme souillant l'air respiré par les trois autres : en tuer un , était un acte de vertu.

(15) Célèbres restaurateurs du Palais-Royal.

NOTES DU CHANT SECOND.

(1) Il est maintenant de si bon ton d'être pâle, qu'il s'emploie, dans le faubourg Saint-Germain, quatre-vingts pots de blanc pour deux de rouge.

(2) Paroles mémorables prononcées à la Chambre des Députés, dans la session de 1821.

(3) Fondateur de la Compagnie de Jésus, à laquelle nous sommes redevables du coq d'Inde.

(4) On sait que les Protestans, qui n'ont pas de Missionnaires, ont perdu dernièrement trois ou quatre fidèles de l'un et de l'autre sexe.

(5) Artistes du grand Opéra.

(6) On désigne par ce nom les amateurs de la Musique Italienne.

(7) Artistes de l'Opéra-Buffa.

(8) Qui n'a pas entendu parler de Martin, artiste de l'ex-charmant Feydeau !

(9) Artistes du premier Théâtre Français.

(10) Tragédie de M. Jouy.

(11) Acteurs des Variétés, parmi lesquels Potier qui les avait quittées pour la Porte Saint-Martin, est revenu.

(12) Rivière du Nivernais qui, après avoir arrosé mille prairies et alimenté des usines considérables, vient former, à Nevers, un confluent avec la Loire.

(13) Poètes et Orateur Latins.

(14) Vénus, reine de Gnide, avait à Paphos un temple remarquable où elle conduisit Anchise, Mars, Adonis, etc., etc., ses amans.

(15) Le Café de la Paix s'appelait pendant la guerre, la Montensier.

(16) Nectar rafraîchissant colporté dans les rues à deux liards le verre. L'analyse chimique a fait voir qu'il était composé de réglise et d'eau.

(17) La rue Vivienne.

(18) Le bruit s'était répandu dans Paris, que des jeunes-gens se faisaient un jeu de piquer avec des aiguilles fichées au bout de leur canne, toutes les jolies dames qu'ils rencontraient dans les rues. Aucune femme n'a voulu sortir à cette époque.

(19) Célèbre Orateur d'Athènes, qui fit tous ses efforts pour engager les Athéniens à se défendre contre Philippe, roi de Macédoine, qui cherchait à les op-

primer. Ils ne voulurent pas mettre à profit ses dis-
cours, et ils s'en repentirent. Avis aux siècles futurs!

(20) La salle des Variétés se désigne par Brunet,
nom de l'acteur à qui elle appartient en partie.

(21) MM. Franconi nous ont montré successivement
Kléber assassiné en Égypte; la prise d'une flotte Hol-
landaise sur les glaces, etc., etc.

(22) Élodie, ou la Vierge du Monastère, mélodrame
tiré du Solitaire.

(23) Calas, drame qui a long-temps attiré la foule à
l'Ambigu.

(24) Théâtre où je ne suis jamais allé, et sur lequel
je ne peux donner plus de détails. Je sais cependant
que les premières loges coûtent 6 sous , les secondes,
4, et les troisièmes 2, ce qui ne me semble pas très-
cher.

(25) Madame Saqui, célèbre Funambule.

(26) Curtius est le premir artiste qui ait formé avec
de la cire , les masques des personnages les plus dis
tingués de son tems.

(27) Prométhée fut condamné dans les enfers, à avoir
le cœur sans cesse renaissant, dévoré par un vautour ,
et cela pour avoir créé un homme. Que diable aurait-
on fait à l'homicide?

(28) On a montré, il y a quelque tems, sous le nom de Vénus Hottentote, une femme née à Vaugirard, et dont on avait travaillé le corps sélon l'usage de la Cafrerie. Nos charmantes Parisiennes ont unanimement déclaré que cette mode ne leur couvenait pas.

(29) Forioso porte 1,800; ce qui doit le faire juger d'une force raisonnable.

(30) Minuto est le nom d'un chien qui joue au domino tout aussi bien que Messieurs les habitués du café de H...

(31) J'ai acheté dernièrement, pour deux sous, un cahier de chansons faites contre les Libéraux, et contenant au moins du papier pour ce prix-là, d'où j'ai conclu que les marchands de cette marchandise ne gagneraient pas grand'chose si. ...

(32) On voit une lythographie de Char et, qui représente une scène de ce genre.

NOTES DU CHANT TROISIÈME.

(1) Le boulevard de Gand était le lieu où les dames de bon ton allaient respirer de la poussière ; elles retournent maintenant au jardin des Tuileries, et elles ont bien raison.

(2) On sait que nos élégantes portent aujourd'hui des blouses à l'instar des charretiers. Les amateurs des belles formes espèrent que l'inconstance du sexe rejettera bientôt cette mode.

(3) J'ignore si Sainte-Abeille est dans la légende, les uns disent que oui, les autres que non. Rapportons-nous en à la bonne dame du Marais; elle doit le savoir mieux que personne.

(4) C'est l'Amour, l'amour, l'amour, etc., de la Marchande de Goujons, a fourni l'idée sublime de dire : c'est Jésus, Jésus, Jésus qui sauva le monde à la ronde, etc.

(5) L'Académie des bonnes lettres qui tient ses séances rue de Grammont.

(6) Il y a plusieurs auteurs d'Oreste; entre autres Voltaire, M. Mély-Janin, etc., etc.

(7) Ces mots *benins* et *patriotiques* ont été prononcés devant moi dans un café, rue Neuve-des-Petits-Champs.

(8) Eglise où MM. les élèves en droit et en médecine avaient formé le projet criminel de faire célébrer un service en mémoire de leur ami Lallemand.

(9) Prison où l'on renferme les gens qui ne payent pas leurs dettes, les écrivains spirituels et tous ceux qui déplaisent. On dit qu'il y a des bâillons pour faire taire les bavards, des camisolles pour contenir les turbulens, etc.. etc.

(10) M. Pradel, auteur des Étincelles, condamné par la Cour-Royale, sans jury, à 6 mois de prison, et à 1000 d'amende.

(11) Deux tableaux de M. Horace Vernet ayant été rejetés comme séditieux par le jury d'examen pour l'admission au Musée, ce peintre estimable a cru devoir en retirer trente autres qui avaient été jugés dignes d'y être exposés.

(12) Longs-Champs etait jadis une Abbaye située à une lieue de Paris où, depuis le mercredi jusqu'au samedi saint, on se rendait par dévotion. Aujourd'hui

que la piété est diminuée de beaucoup , et que l'Abbaye est détruite , on se contente d'aller à moitié chemin.

NOTES DU CHANT QUATRIEME.

(1) Comme les personnes nées dans ce Siècle des lumières et qui ne fréquentent que la société bourgeoise ne connaissent pas les Vertugadins , il est bon de leur dire que cela signifie gardiens de la vertu. Qu'elles se figurent des robes faites en conséquence!

(2) La poudre à la Reine, dont je ne me suis jamais servi, fait extraordinairement ressortir la peau. On en trouve chez d'anciens parfumeurs du faubourg Saint-Germain.

(3) je ne dirai rien des paniers, on les connaît.

(4) La musique de cette Romance, qui est à la fin du volume, se trouve séparémeut chez Pacini, éditeur, boulevard des Italiens , n° 11.

(5) Poignié , jeune élève de Duport.

(6) Castellacci , guitariste très-distingué dont le nom terminé en *i* annonce un italien.

(7) Il Barbiere di Siviglia, opéra Buffa , del signor maestro Rossini, seul compositeur du 18e siècle. S'il

eut paru du tems de Gluck et de Piccini , il n'y au-
rait certainement pas eu de guerre musicale.

(8) Thérèse Démar autant connue par ses jolies pro-
ductions que par son beau talent sur la harpe.

(9) Fontaine , élève distingué du Conservatoire où
l'on devrait bien former des chanteurs comme on forme
des instrumentistes.

(10) l'Écarté , jeu en honneur depuis trois ans,
Une si grande constance a lieu de surprendre chez les
Français.

(11) On a entendu parler des petits soupers : ce mot
seul fait venir l'eau à la bouche à bien du monde.

(12) Fait dont on m'a garanti l'authenticité.

(13) Parmi les monstres d'imposture je comprends
un Recteur d'Académie , Prêtre assermenté , dont le
nom commence par une des premières lettres de l'al-
phabet. Ceux qui voudront le connaître , n'ont qu'à me
le demander, soit verbalement , soit par la poste ;
franco , bien entendu.

(14) Le Lecteur doit voir que l'on ne parle ici que
du petit nombre de ceux qui ont mérité de pareils re-
proches , et non du Clergé en général.

(15) Par hibous , chats et chiens , l'Auteur désigne les hypocrites, les hommes qui égratignent , et

ceux qui mordent. Dieu sait s'ils sont rares en France !

(16) On termine ordinairement les soirées par une sauterie dite l'*Anglaise*. Cela est digne des Français ! .....

(17) Qui n'a pas lu les Contes de Perrault ? Il était une fois un Roi ; il était une fois une Reine ; il était une fois un Meunier, etc., etc.

(18) Place dont je ne connais pas très-bien les attributions ; mais je les connaîtrais au besoin.

FIN

De l'imprimerie de F.-P. Hardy, rue St-Médéric, n 44.

ENCORE UN JOUR.
ROMANCE.
Paroles de Mr COMMERSON, Musique de Mme de CH...
PIANO ou HARPE.
Maestoso.
Adieu la gloire, Adieu la guerre, disait un vieux soldat Français; je suis ren-tré dans ma chau-miè-re et j'y sau-rai mou-rir en paix, et j'y sau-
rai mourir en paix; cet es-poir a pour lui des char-mes, mais au premier son du tambour: le vieux sol-dat reprend les armes et
dit: servons servons encore un jour, le vieux sol-dat reprend les armes et dit: servons servons encore un jour.

9 782019 698195